Inhaltsverzeichnis

Meine Concours-Show	2
Der alte Herr	12
Die unglaubliche Zündkerze	18
Die Hochzeitsfeier	41
Wilhelm Tell auf dem Wettinger Stausee	55

Herstellung und Verlag:
BoD - Books on Demand, Norderstedt
ISBN 978-3-7412-9200-2

Meine Concours-Show

Als Sohn eines Pferdehändlers ist es nur recht und billig, selber auch Pferde zu haben. So war ich zwischen den achtziger und neunziger Jahren selber Pferdebesitzer. Ich hatte ein paar Pferde zum Ausreiten, aber auch um bei den regionalen Concours (Springkonkurrenzen) teilzunehmen. Ein Ass wurde ich nie, aber ich war dabei. Nun möchte ich euch eine Geschichte erzählen, die mir an einem Hallenspringen passiert ist.

Also, es war irgendwann Mitte oder Ende der achtziger Jahre. Der Reitstall Häfeli, wo ich mein Pferd eingestellt hatte, führte im Winter ein Hallenspringen durch. Man konnte sich anmelden, wenn man concourstauglich war. Ich meldete mich in der Kategorie A** ohne Lizenz: Sprung Höhe 100–110, Weite 95–125. In der Halle sind es sechs Sprünge, im Freien sieben.

Nach dem Einschreiben hatten wir noch zwischen sechs und sieben Wochen Zeit, um zu trainieren.

Mein Pferd von damals hiess Bombay, war ein Wallach (kastrierter Hengst) und hatte ein höheres Stockmass als ein Durchschnittspferd. Ein solches hat ein Stockmass so um die 160 Zentimeter. Bombay hatte eines von 178 Zentimetern, war also ein richtiges Schlachtross. Vorteil: Bei Sprüngen von 50 bis 70 Zentimetern Höhe machte er nur einen Hupfer und Sprünge bis 130 Zentimeter waren kein Problem für ihn. Nachteil: Bombay deckte bei einem Galoppsprung circa 7 Meter ab, ein durchschnittliches Pferd 6 bis 6.20 Meter. Bei den Kombinations-Sprüngen, bei drei Hindernissen nacheinander mit einem Abstand von circa 6.50 Metern bekamen wir immer ein bisschen ein Gehampel, da die Länge ja nicht so passte. Bombay kam vom Gestüt Hannoveraner und hatte mal als mittleres Concours-Pferd gegolten, als er noch jung war. Als ich ihn kaufte war er zehn Jahre alt, topfit, trittsicher, kein Angsthase –

was es viel gibt unter den Pferden – und gutmütig, so dass auch meine damals achtjährige Tochter in der Halle alleine auf ihm reiten konnte. Er war ein Familienpferd, aber wenn man Druck machte, konnte er schon richtig Vollgas geben.

Viele Pferdebesitzer, die auch eingestellt hatten bei Häfelis, nahmen am Concours teil, also auch solche, die richtig gut waren und sich in den Kategorien L+M eingeschrieben hatten. So mussten die Trainingsabende geplant werden, nach Kategorien, damit wir uns nicht behinderten. Die Söhne des Stallbesitzers waren gute Springreiter und Trainer. Wir von meiner Kategorie teilten uns die Kosten, sodass wir ein gutes Training machen konnten. Oh, was musste ich da immer wieder hören vom Trainer, er hiess Martin Heinz. „Lass ihn nid so go, du weisch, er brucht weniger Schritt bis zum Hindernis."
Das hiess: aufnehmen – kurz an die Zügel nehmen – und erst beim Galoppsprung vor dem Hindernis gehen lassen.
„Dann kommt es gut", sagt er.

Ich meinte immer grinsend: „Ja Chef, ich weiss."
Woche für Woche gingen wir ins Training.
Danach trafen wir uns in der Reiterstube, um bei einem Glas Wein zu diskutieren. Und wir wussten alle, warum es mit jenem Pferd besser ging als mit dem Eigenen, wir waren ja alle Spezialisten, beim Glas Wein. Sobald wir auf unseren Pferden sassen und der Trainer Martin in der Mitte der Halle stand, wurden wir ruhiger, und jeder konzentrierte sich, damit er die Übungen und Sprünge mit seinem Pferd gut hin brachte, aber in der Reiterstube ging's dann wieder los.

Trainer Martin nahm mich nach einem Training nochmals ins Gebet. „Heinz, du lässt ihn einfach zu schnell auf das Hindernis los fräsen, du musst ihn früher aufnehmen. Wir sind in der Halle und nicht im Freien. Du hast nicht so viel Platz zum Wenden wie du dich im Freien gewohnt bist. Du gehst ja jeden Tag ausreiten. Bitte übe mit ihm gründlich: An-galoppieren und sofort wieder bremsen, immer wieder. Als ehemaliges Concours-Pferd konnte er das schon, aber du musst ihn wieder daran erinnern. Er ist sich das nicht mehr gewohnt, da du ihn ja als Langstreckentouren-Pferd benutzt, und er sich wohl fühlt dabei, deshalb möchte er gar nicht mehr so richtig mitmachen im Concours. Du weisst, ein Kompromiss ist einer zu viel, besonders bei Bombay. Der hat auch seinen Grind, und ist ein schlauer Cheib, also: üben, üben, üben, gäll."

Also, ich übte und übte. Bombay war ein Braver, er machte immer alles richtig. Ich war zufrieden und im Training hiess es: „Aha! Du hast geübt, es geht schon besser. Aber du lässt ihn immer noch zu weit ausgreifen von einem Sprung zum anderen. Nimm ihn besser auf, sonst fräset ihr durch das Hindernis und nicht darüber."
Trainer Martin schickte mich immer wieder auf dieselben zwei Sprünge zu, die er 6.50 Meter auseinanderstellte, sodass wir einen Galoppsprung machen konnten.
Er rief immer: „Jetzt aufnehmen!", was ich auch machte, aber Bombay wollte nicht immer. So

passierte es, dass wir tatsächlich zur Freude all meiner Freunde und Mitstreiter, die zusahen, durch das Hindernis frästen. Die drei Rundholze flogen dann immer in alle Richtungen und ich grinste mit; was sollte ich sonst machen?
Trainer Martin drehte sich ab, lachte und meinte: „Heinz! Heinz! Heinz! Du muesch uf d Bräms." Das war leichter gesagt als getan. In der Reiterstube meinte Marlies, eine Mitstreiterin, sie glaube, Bombay grinse auch jedes Mal. Wir lachten alle und Martin meinte, das sei gut möglich, „der will dir das Sackgumpen schon noch zum Verleiden bringen."

Der Tag des Hallenspringens kam immer näher. Wir witzelten immer, wenn wir uns beim Pferde putzen in den Boxen sahen. „Du holsch dänk de Pokal" oder „machsch mer dänn en guete Pris fürs Cheminéeholz" (wenn du alle Hindernisse abgeräumt hast). So frotzelten wir hin und her. Die Halle war so konzipiert, dass man nur von einer Galerie, die rund um die Halle ging, aus etwa fünf Metern Höhe zuschauen konnte.

Am Tag des Concours waren alle schon früh im Stall, denn das erste Springen war um 10 Uhr. Wir kamen um 13 Uhr 30 dran. Gott, waren wir alle nervös. Natürlich pützelten wir das Pferd richtig raus. Sattel und Zaumzeug hatten wir gestern schon gereinigt und auf Hochglanz gebracht, die Pferde hatten alle Gamaschen in verschiedenen Farben an.

Unser Parcours war wie folgt gestellt: Start – 1.Steilsprung – 2.Oxer (Hoch- und Weitsprung) – 3.Wassergraben – 4. Dreierkombination mit drei Steilsprüngen hintereinander: Einsprung, dann ein Galoppsprung, nächster Steilsprung, wieder ein Galoppsprung, dann über das letzte Hindernis, Aussprung. Den ganzen Parcours im Detail weiss ich nicht mehr, aber so ungefähr wie oben beschrieben war er. Der Parcours wurde eine halbe Stunde vor dem Start freigegeben, damit die Springreiter ihn anschauen und abgehen konnten. Bei der Dreierkombination mass man mit Schritten den Abstand von einem Hindernis zum anderen. Je nach Grösse der Schritte kam man auf 6.50 Meter plusminus. Als ich den

Dreierkombinations-Sprung nachmass mit meinen Schritten, dachte ich, oha, wenn das nur gut geht!

Es war so weit, wir mussten an den Start. Vor mir waren drei Reiter. Ich stand also beim Start und wartete auf die Glocke, die das Zeichen zum Losreiten war. Bombay war nervös wie ich. Er stand nicht so richtig still, er tänzelte ein wenig. Als die Glocke kam, ritten wir an: Erst mal Trab, circa anderthalb Pferdelängen vor dem ersten Sprung galoppierten wir an, und wir sprangen super über den ersten Sprung.
Bravo, mein Junge, super!
Jetzt kam der Oxer. Für Bombay eigentlich kein Problem. Der Oxer war circa 80 Zentimeter hoch und ein Meter weit. Für diesen Sprung brauchten wir mehr Geschwindigkeit, also liess ich Bombay früh genug los, so dass er genug Dampf hatte, um das Hindernis zu überwinden. Wir sprangen souverän. Ich hatte Freude. Jetzt kam der Wassergraben. Eigentlich auch kein Problem. Da Bombay ja gross genug war, sprang er den

Wassergraben mit Leichtigkeit. Jetzt kam die Dreierkombination.

Ich sagte zu Bombay: „Junge, die machen wir mit Links, beim mittleren Hindernis müssen wir einfach aufpassen, gäll! Mach mir keine Schande."

Wir galoppierten auf das Hindernis zu, Bombay hob ab über das erste Hindernis, wir landeten, dann gab es einen Vollbremser und ich flog aus dem Sattel. Ich weiss nicht mehr, wie alles so kam. Fakt ist, dass ich auf die Füsse knallte und ich mich wohl geistesgegenwärtig an Bombay festhielt, sodass ich am Ende der Showeinlage neben meinem Pferd stand, den rechten Arm über seinen Hals gelegt. Und nachdem ich innert Sekunden wieder klar war, hob ich den Arm, winkte und rief: „Das mache ich aber nur einmal pro Anlass!"

Die Leute schrien vor Lachen, es waren ja 90 Prozent Reitersleute als Zuschauer da, und wir kannten uns. Ich war danach das Tagesgespräch und bekam am Abend noch einen Blumenstrauss. Der Speaker erklärte, dass ich heute wohl der witzigste und akrobatischste Reiter gewesen sei und das Richtergremium habe einstimmig beschlossen, dass ich diesen Blumenstrauss verdient hätte.

Am Abend bei Wein und Bier erzählten mir meine Freunde, wie sie meine Show gesehen hatten. Ich hätte einen Salto nach oben gemacht, dann sei ich, oh Wunder, hart auf den Beinen gelandet und hätte sofort meine Show abgezogen.

So lange ich noch geritten bin, wurde ich immer wieder auf diese Einlage angesprochen. Springreiten haben Bombay und ich dann aufgehört und wir blieben bei unseren manchmal wochenlangen Ausritten durch Wälder, Auen und Täler. Wir übernachteten meistens draussen im Wald oder bei einem Bauer wenn's regnete. Es war eine wunderschöne Zeit. Als Bombay 15 Jahre alt war, und ich auch keine Zeit mehr hatte, verkaufte ich Bombay schweren Herzens an eine Freundin, die mir erlaubte, dass ich zwischendurch auch ausreiten gehen könne. Die Freundin hatte Bombay noch fünf Jahre, danach brachte sie ihn in ein Pferde–Altersheim, wo er dann nach zwei Jahren starb. Als ich es hörte, war ich sicher einen ganzen Tag lang geschlagen und traurig. Ich tröstete mich aber damit, dass ich mit Bombay eine wunderschöne Zeit verbracht hatte.

Der alte Herr

An einem schönen Wintersonntag wollte meine Tochter Tanja, damals fünfjährig, Schlittschuhlaufen gehen.
„Papi, gömer go schliefschüele?"
„Klar! Frogs Mami, öps au mitchunt."
Tanja rannte los. „Du Mami, gömer go schliefschüele?"
Mama kam nicht mit, die Ausrede war, Wäsche waschen und bügeln.
Ich sagte nur: „Jaja! S'Mami hett Wösch, weisch!" Ich grinste s'Mami an, es lächelte

zurück und machte das Zeichen schlafen. Also gingen meine Tochter und ich alleine vom Kappelerhof in Baden zum Tägi Sportzentrum Wettingen mit dem Bus. Mit dem Auto muss man nur PP suchen und noch Gebühren zahlen.

Unterwegs wollte Tanja noch wissen: „Du Papi, warum isch de Bus rot, warum het's en gäle Streife uf de Site, warum macht die Frau immer ä so?"

Mein Gott, hoffentlich sind wir bald da, dann ist sie beschäftigt und gibt Ruhe. Als wir im Tägi ankamen war ein Gedränge an der Kasse.

„Gäll Papi, mir chömed dänn au gli dra, oder?"

„Klar bald. Die andere Lüt wänd halt au go schliefschüele ond anderi wänd go bade. Gsehsch det het's no es Bad im Huus inne."

„Oh ja! Hani gar nid gewüsst. Mir chönd ja au mol goh, oder Papi?"

„Ja, das mache mer am nächschte Sunntig. De chömer jo go!"

„Ouuhh joh."

Nun waren wir an der Reihe. Tanja meinte: „Ich ha Schliefschue, aber de Papi brucht no."

„Ja guet", meinte die Kassenfrau und grinste, „was für ä Grössi?"
„S'Drüevierzgi, danke."
Wir gingen zur Garderobe, umziehen. Tanja hatte ein gestricktes Tutu an und wollige Strumpfhosen, Kinder-Schlittschuhe mit je zwei Kufen. Sie übte eine Pirouette, während ich meine Schlittschuhe anzog und vor mich hin grinste. Als wir auf dem Eis standen, hielt sie sich an mir fest. Ich musste ihr wieder helfen bei den ersten Schlittschuhschritten. Aber bald konnte sie ein paar Schritte alleine gehen und natürlich versuchte sie sofort wieder die Pirouetten. Sie sah zum Schiessen aus, ein kleines pummeliges Mädchen mit dicken wolligen Strümpfen und einem Tutu aus dicker Wolle, bemüht elegante Tanzfiguren zu machen. Ich musste grinsen, natürlich so, dass sie es nicht bemerkte.
„Papi lueg, wie im Fernseh."
Die Ärmchen hoch, ein Bein ein paar Zentimeter angehoben über dem Eis, versuchte sie sich zu drehen. Ich hielt sie dann fest beim Drehen und erklärte ihr, sie müsse versuchen auf die Spitze zu

stehen. Plötzlich inmitten von unserem „Training" kam ein älterer Herr langsam auf uns zu gefahren und sagte zu mir: „Heinz! Du musst deiner Tochter die Pirouette vormachen."
Ich schaute den Herrn erstaunt an. Er hatte schwarze Skihosen, wie man sie in den Sechzigern trug, dazu schwarze Kunstschlittschuhe. Die Hosen gingen in die Schuhe hinein, die Socken kamen aus den Schuhen heraus und waren schön über den Schuhrand gelegt. Er trug ein schwarzes Jackett und eine dezente graue Krawatte mit Pochettechen dazu, hatte volle graue Haare und ein gepflegtes Gesicht.
„Entschuldigung, wär sind Sie? Ich kenne Sie nid."
Er schaute mich an, verzog sein Gesicht wie wenn er auf eine Zitrone gebissen hätte und fragte mit ernster Miene: „Wie alt bisch du jetzt Heinz?"
Mir wurde ganz mulmig. „Drissgi."
„Ja, das hani au grächnet", meinte er.

Irgendwie kam mir seine Stimme bekannt vor, auch das Gesicht beim näheren Hinschauen. Ich fragte noch mal: „Entschuldigung, aber ich weiss nid, wo ich Sie häre tue söll."

„Ja Heinz, uswändig lerne isch nie dini Stärki gsi. Hetsch mi damals besser aglueget, würsch jetzt nid so dumm do stoh. Mir händ mänge Chrieg usgfochte, bsunders wäg de Tomate."

Jetzt durchfuhr es mich wie en Blitz. Mein Gott! Das isch ja de Lehrer Meier, de Gotthold Meier, min letschte Lehrer a de Schul z'Wettige. Wir hatten damals wirklich viel Zoff im Schulgarten, denn dort klaute ich immer Tomaten, die ich dann heimlich ass, aber der Lehrer erwischte mich auch vielmals. „Herr Meier!", rief ich, und hielt ihm brav wie in der Schule die Hand hin.

Er begrüsste mich mit einem süffisanten Lächeln und sagte: „Weisch, ich känne mini Pappeheimer no alli! Weiss au, dass du i de Wält ume cho bisch. Aber da git dir glich nid s Rächt, din Lehrer nüme z'känne."

Er schaute mich an, so wie er früher immer geschaut hatte, wenn ihm etwas nicht passte.

„Ja hei! Herr Lehrer! Es isch au scho es Zitli här."
Er lächelte. „Ja Heinz, sächzä Johr. Wie du gsehsch, funktioniert mis Hirni und Erennerigsvermöge no, im Gegesatz zu dim." Er legte wieder sein süffisantes Lächeln auf.
„Muesch halt Chnobli ässe."
Wir pläuschleten noch ein wenig.
„So, jetzt muess i goh, d'Frau Meier wartet mit em Sunntigsbrote." Er streckte mir die Hand hin. „Hett mi gfreut, dass i di troffe han, Schliefschue fahre chasch ja no! Brings dim Töchterli also bi. Auf ein nächstes Mal, mach's guet." Er drehte sich ab, fuhr sehr elegant dem Ausgang zu und verschwand in der Garderobe.
Leider habe ich ihn danach nie mehr gesehen. Auf dem Nachhauseweg, meine Tochter schlief, kaum hingesetzt, sofort ein, dachte ich mir, verdammt, der Gotthold Meier de hätt mi no kännt. Wa het er gseit? 16 Jahr sigs här … isch en stränge, aber au en gute Lehrer gsi. Mir händ alli sehr viel Respekt gha vor ihm.

Die unglaubliche Zündkerze

Ich fahre seit dem 14. Lebensjahr Töff, also bald 51 Jahre, und ich fahre immer noch. Ich habe mit Velosolex angefangen, über Kreidler, BMW 250 (Gummichue), Horex Imperator 400, Triumph Tiger 600, Norton Manx 600, Honda Cb 750, Aprilia 600 usw. alles ausprobiert. Jetzt lasse ich es ausklingen mit einer Kawasaki Classic 1500 Cruiser. Warum ich jetzt so einen Easy Rider im Gegensatz zu meinen früheren Sportmaschinen (Wetzhobels) fahre, diese Story erzähle ich später mal.

Unsere Töffs von damals kauften wir als Occasionen von irgendwelchen älteren Töfffahrern ab. Die Maschinen wurden meistens sofort umgebaut, denn die Männer, von denen wir sie abkauften, lebten noch in einer anderen Ära als wir. Die Töffs waren meistens im Originalzustand, wir bauten sofort um, so wie wir sie brauchten.

Das ging ungefähr immer gleich zu und her. Motor frisieren (tunen) musste man, so weit als möglich, selber machen. Wenn es dann aber nicht funktionierte, war der Motor meistens im Eimer. Deshalb liess ich einen Freund von mir ran, der verstand das besser. Ich änderte das Fahrgestell und das Outfit so sportmässig als möglich. Vor allem wurde sofort der Lenker ausgewechselt, anstelle der breiten Tourenlenker kamen die sogenannten Stummellenker ran. Das muss man sich so vorstellen: Die zwei Stummeln wurden mittels Flansch direkt an die Gabel geschraubt, das hiess, man sass stark nach vorne gebeugt mit dem Bauch und Brust auf dem Tank. Ein Solofahrer versetzte die Bremsen und Schaltung nach hinten, dahin, wo der Sozius seine Füsse hätte. So lag man noch mehr auf dem Töff und war dadurch windschnittiger. Ich war aber kein Solofahrer, denn ich hatte immer eine Freundin dabei. Mein Töff hatte Stummellenker und war frisiert, sodass er, wenn ich viel Zeit hatte und es geradeaus ging, etwa 175 km/h drauf hatte. Aber wichtiger war, dass er unten raus mehr Schnaps

hatte, also in den unteren Gängen besser zog, sodass man runterschalten konnte und dann die Maschine hochziehen zum Überholen oder aus den Kurven raus richtig beschleunigen.
Die folgende Geschichte ereignete sich Ende der sechziger, anfangs der siebziger Jahre, so genau weiss ich das nicht mehr.

***

Die Rennstrecke Hockenheimring bei Mannheim (D) war für uns Schweizer die Hausstrecke. Wir Töffverrückten aus Baden und Umgebung, circa 20 Töffeler, Jungs und Mädchen, pilgerten alle Jahre zu dieser Rennstrecke hin, mit einem Einer- oder Zweierzelt und Schlafsack, wenn vorhanden, sowie Fressalien für drei Tage: Teigwaren, Würste, Nescafé, für sonstige Klamotten hatten wir keinen Platz. Da wir nur das Lederkombi trugen, hatten wir für dieses Wochenende immer dieselbe Uniform, nämlich unsere schwarzen Lederkombis, wenn es regnete, super! Darunter Turn- oder Badehose, T-Shirt für schönes Wetter. Wenn schön, Kombi runter, nur noch Badehose oder Turnhose, die Stiefel blieben. Es sah zum Schiessen aus. Badehose und Töffstiefel, andere mit Badeschlarpen, wenn man welche hatte. So fuhren wir also los, zum Grossen Preis von Deutschland, Weltmeisterschaftsläufe in den Kategorien 125, 250, 350, 500, Seitenwagengespann.

Hockenheim konnte man auf verschiedenen Wegen erreichen. Es gab schnellere Routen für die, die am Freitagabend losfuhren oder erst am Samstag. Die, die Zeit hatten, fuhren die schöne, richtige Töffstrecke über den Schwarzwald. Man brauchte länger, etwa vier Stunden, dafür hatte man schöne Landstrassen und viele Kurven. Man fuhr wie eine Balletteuse von Kurve zu Kurve in einem schönen, runden Rhythmus. Das war ein Feeling!

Wir zelteten immer ungefähr am gleichen Ort, sodass wir uns alle immer fanden.

Am Freitag fanden die freien Trainings statt, am Samstag die Pflichttrainings.

Diese Trainings sahen wir uns genau an, damit man abends an der gemeinsamen Feuerstelle fachsimpeln konnte. So ging es dann auch los.

„Hesch gseh? De Agostini fahrt wieder 350er und 500er, het gueti Ziite gha, isch morn sicher ziemlich wiit vorne debi."

„Ja meinsch? Mi het's dunkt, er seg mit de 350er nid so rächt uf Toure cho, de Hoppe fahrt em das Mal devo, wirsch es gseh."

„Höör uuf, d' MV (MV Augusta) lauft viel besser, de Hoppe muess mit sim Matchless scho Gas geh chönne, was aber bi de Ängländer nid immer guet goht, me weisses jo!"

So hatte jeder seine Meinung zu den Trainingszeiten. Natürlich sassen wir bis zum Morgengrauen am Feuer und fachsimpelten mit Bier, lauwarmen Hörnli ond Ghackets und Kaffee Luz (Kaffee mit Träsch) weiter, bis wir nichts mehr zu reden wussten vor lauter Müdigkeit, und sich jeder langsam in seinen Schlafsack rollte.

Vormittags, circa um 9 Uhr, fingen die

Freundinnen mit viel Lärm an, Kaffee zu kochen, sodass langsam alle, die da waren, an die gemeinsame Feuerstelle kamen, jeder mit etwas zum Futtern in der Hand.

Das waren immer gemütliche Morgenessen, denn jetzt ging das Frotzeln los. „Isches ächli spoot worde geschter? Arme Franz, hesch Chopfweh?" Alle grinsten.

„De Schnaps isch fertig, oder? Sehr guet, Manne, hüt müemer jo nüechter bliebe. Mer fahret am Obig hei."

Und so weiter und so fort, bis wir dann alle zusammen zum Start gingen. Vor Rennbeginn machten die, die nach dem Rennen nach Hause fuhren, alles schon fahrbereit, das hiess, Zelt abbrechen, zusammenräumen, alles auf den Töff binden, sodass wir nach dem Rennen sofort los konnten, denn das Nachhausegedränge war dann gross.

Am Rennsonntag begannen die Rennen der Debütanten um 10 Uhr 30 und dauerten bis 12 Uhr, anschliessend um 13 Uhr 30 fing das

„richtige" Rennen an und dauerte bis 17 Uhr. Um 18 Uhr war das Rangverkünden.

Wir zogen so um 10 Uhr 30 los, um an der Rennstrecke einen guten Platz zu erwischen, Nordkehre, Müllenbach oder so, am besten am Ende einer Kurve, wenn danach eine Gerade kam. Müllenbach war dafür optimal, da sah man die Fahrer in die Kurve kommen, wie die Kurve angefahren wurde, ab wo sie beschleunigten, wie sie aus der Kurve herauskamen. Die richtige Kurventechnik war für uns sehr wichtig. Wir sahen schon von Weitem, ob der Fahrer die Ideallinie hatte oder nicht. Wir meinten es wenigstens.

Das Rennen startete mit den 125 ccm, da war dann schon richtig was los. Die Rennfahrer fuhren alle Kampflinien, in die Kurve gingen sie zu dritt oder viert, Ellbogen an Ellbogen, da waren Asse dabei wie Dieter Braun, Dave Simonnds, Heinz Kriwanek usw.

Danach kamen die 250 ccm. Oh, das hörte sich schon ganz nett an, auch roch man das Benzingemisch. Ich sog es richtig ein. Die

Kommentare kamen natürlich: „Heschen gseh, ufem letschte Zacke no i d'Ise."

„Jo, nochli länger und er wär zum Boge us."

Und und und …

Es klang bei allen Rennen etwa gleich.

Nun aber die Highlights, die Königsklasse 500 ccm. Oh, der Ton, das war ein Genuss, die Benzinmischung roch wie das beste Parfum und wie sie fuhren: So genau, so eng! Die Jungs gingen mit den Maschinen um wie mit Velos, immer wenn sie aus der Kurve kamen, schwänzelte das Hinterrad vor lauter Beschleunigung, das war Können.

Jetzt kamen noch die Seitenwagen (Gespann), das war faszinierend. Diese Fahrtechnik war etwas ganz Besonderes. Der Passagier (Plampi) musste sehr beweglich sein, denn in jeder Kurve musste er entweder aus dem Seitenwagen hängen, der Körper berührte dabei in den Bodenwellen die Strasse, das Kombi wurde arg abgeschmirgelt oder in der Gegenkurve über das Hinterrad hängen. Das hiess, auf der Geraden auf dem Seitenwagen liegen, in der Kurve raushängen,

deshalb „Plampi". Auch da berührten sie sich in den Kurven, heisse Sache.
Nach den Rennen waren wir, mindestens mir ging es so, ganz tatterig, diffus.

Nach den Rennen schauten wir, dass wir so schnell als möglich rauskamen, denn nun wollten alle nach Hause und das gab ein Gedränge und Geschiebe. Wir sassen auf dem Motorrad, Zelt und Gepäck hinten und vorne festgezurrt, die Freundin hinten zwischen dem Zelt und dem Fahrer. Der Fahrer hatte die Füsse am Boden, um auszubalancieren, was ja nicht so einfach war mit dem bepackten Töff. So fuhren wir Schritt für Schritt aus dem Motodrom hinaus, wenn es langsam aber sicher auf die normale Strasse ging, fing es an zu laufen.
Also, an diesem Sonntagabend fuhren wir, ein paar Kumpels und ich, dieses Mal ohne Begleitung, los. Ich mit meinem Triumph Tiger 100, Jahrgang 1959, umgebaut und frisiert. Es regnete wie aus Kübeln. Nach etwa einer Stunde fing meine Maschine zu spötzen und rülpsen an

und nicht lange und mein Engländer stand. Was man ja gewohnt war. Man muss wissen, die Engländer waren gute Töffs, aber sie hatten ihre bekannten Macken, vor allem vibrierten sie ziemlich stark, dadurch fiel alles langsam ab. Wir unterlegten die exponierten Stellen mit Bierflaschengummis, die passten und waren hart genug. Ich fluche, denn es regnete immer noch und ich musste anfangen zu mechen. Meine Kumpels merkten nicht, dass ich fehlte und fuhren weiter. SUPER!

Da stand ich nun und versuchte, meinen verdammten Engländer wieder zum Laufen zu bringen. Langsam wurde es auch noch dunkel, und ich musste mit der Taschenlampe im Mund versuchen, den Fehler zu finden. Also, ich fummelte an dem noch heissen Motor rum, verbrannte mir die Finger und kontrollierte alle Kabel, fuhr mit der Hand unter dem Motor durch. Nicht mehr Öl als sonst, die Engländer schwitzen ja immer, das weiss man, an dem lag es also nicht. Was hatte er dann?! Mit der Taschenlampe zündete ich zum zigsten Mal den Motor ab. In der

Zwischenzeit war es Nacht und es regnete immer noch, die Stiefel waren schon voll Regenwasser vom Fahren und das Kombi war durch und durch nass. Ich fror und fluchte alle Heiligen vom Himmel. Einen Unterstand fand ich zwar, eine alte Scheune etwas abseits der Strasse. Die Scheune war leider auch nicht mehr so dicht, aber besser als gar nichts. Ich rauchte eine Gauloises Bleu ohne Filter nach der anderen, ging dabei um den Saubock herum, zündete mit der Lampe und wurde nicht schlau, was los war. Zum zigsten Mal befummelte ich wieder den Motor und die Kabel.

Häää! Was war daaaassss!?

Plötzlich hielt ich das Zündkerzenkabel vom linken Zylinder in der Hand, was ja nicht so schlimm gewesen wäre, aber ich glaubte es nicht! Die Zündkerze steckte noch im Kerzenstecker. Also wie bitte, das kann nicht sein! Die Kerze muss im Zylinder verschraubt sein und nicht am Zündkabel hängen, wie das? Ich untersuchte die Kerze genau und gewahrte, nein nein, das darf nicht wahr sein, die verfranste Gewindebüchse hing noch an der Kerze. Das war ganz grosse Scheisse, denn ich wusste jetzt, was los war. Die Gewindebüchse, die ich vor zwei oder drei Wochen mit einem Freund gedreht und in den Zylinder geschraubt hatte, hielt nicht. Die Kerze hatte es inklusive Gewindebüchse aus dem Zylinder geblasen. Da machst du nichts mehr, aber gar nichts mehr! Da kannst du nur noch die Karre zudecken, alles verstecken und nach Hause autostöppeln, trampen. Klar, so einen in schwarzem Lederkombi, pitschnass und im Dunkeln nimmt ja sicher jeder mit …

Ein Auto vorbei, zwei Autos vorbei, drei, vier, fünf … Alle dachten, das geschieht diesem Töffrocker recht, soll laufen – wer seinen Töff liebt, der schiebt! Na ja, ich würde mir am besten in dem alten Schuppen eine trockene Stelle suchen und morgen schauen, wie es weitergeht. Doch da! Ein Motorrad mit Seitenwagen kam auf meinen Unterstand zugezuckelt. Na ja, der hatte auch genug vom Regen, schön, vielleicht hatte er noch was zum Futtern dabei und wir könnten zusammen überlegen, was man machen könnte mit meinem Motorschaden.

Der Töff kam zum Stehen, es war ein Dnjepr-Gespann, sah man auch nicht alle Tage, musste ein ganz Verrückter sein. Er schälte sich aus seinem Seitenwagengespann, zog den Helm aus, darunter kam für mich ein alter Mann, sicher so um die Sechzig rum, mit graubärtigem, von Wind und Wetter gegerbtem Gesicht und mit halblangen grauen Haaren hervor. Als er stand, dachte ich mir, mein Gott, ein Grizzly in Leder und Stiefeln. Er grinste, zeigte seine noch intakten Zahnreihen, nicht schön weisse, ein bisschen gelb, wahrscheinlich vom Rauchen. Er sagte: „Tschau Burschi", schaute zu meiner bereits zugedeckten Maschine hin und meinte in einem breiten Schwarzwälder Dialekt: „Is er gestorben, dosen schon zudecket hosch?"

Ich sagte: „Ja, so ähnlich."

„Oh je! Jo was hat er denn?"

Ich erzählte ihm in unserer Töffelersprache, was los war. „Es hett mer d'Kerze usem Zylinder inklusive Gwindbüchs use knallt. Was machsch

do no, huere Schiesszapfe, es isch erscht no Langgwind, do chasch die ufhänke, die huere Ängländer! Immer isch öpis, aber was wotsch!"
Er schaute mich an, grinste immer noch und meinte: „Reg di nur nid so uf, Burschi, susch hesch no ä Baragge, loss mi mal luege."
„Gerne, schau nur, solch ein Scheiss passiert dir mit deinem Russen nicht."
Er meinte: „Na ja, de hot wieder anderi Macke. Glaub nur nid, dass s'Kriegsmodell über allem stoht."
Er nahm die Zündkerze in genauen Augenschein, kratzte sich in den Haaren, fuhr sich durch den Bart, murmelte was von „müsste eigentlich gehen", schlurfte zu seinem Seitenwagen hin, kramte darin herum, murmelte vor sich hin: „I hob doch do no sone, wo'sch sie denn? I hobsi doch no eipackt …" Gebückt kramte er in seinem Seitenwagen herum und murmelte weiter.
Ich dachte, was gibt das denn?
Nach einer Weile hörte ich ihn sagen: „Do isch se jo, hott si verkrochen."

Er zog ein leeres Tomatenbüchslein hervor und sagte zu meinem Engländer hin nickend: „Es müsste gehen, zünd mal in die Zylinderöffnung hinein, muss mal Mass nehmen."

Ich dachte, oh Gott, was wird das? Na ja, schlimmer kann's ja nicht mehr werden.

Er nahm Mass mit einem schmalen Metallblättchen, ging zurück zu seinem Gefährt, kramte wieder im Seitenwagenschiffchen herum, brachte eine Blechschere zum Vorschein, schnitt einen Streifen, genau so breit wie das Gewinde von meiner Zündkerze, von der Tomatenbüchse ab, bandagierte damit die Zündkerze ein. Jetzt merkte auch ich langsam, was er im Sinn hatte.

Ich sagte: „Verdammt, das kann gehen, warte, ich habe einen Hammer in meinem Werkzeug."

Er: „Nei Burschi, des moche mer onderscht."

Er holte aus seinem Seitenwagen einen Holzhammer heraus, ging zu meinem Töff, setzte die Kerze genau auf das Zylinderloch, das jetzt ja kein Gewinde mehr hatte und dadurch etwas weiter war, sodass die mit dem Blechstreifen umwickelte Zündkerze knapp ganz eng passte. Er schlug die Kerze mit ganz leichten Schlägen in das Loch hinein, nicht zu tief, deswegen hatte er zuerst die Tiefe von dem Loch gemessen. Der Blechstreifen dichtete genau ab.

„So Burschi, los! Tramp mal a, mol luege, ob's gscheid drin sitzt."

Ich ging um die Maschine rum, drehte den Zündschlüssel, schaute noch, dass nicht ein Gang drin war, denn bei diesen alten Töffs war noch kein Anzeiger in den Armaturen, ob die Null drin ist. Ich trat den Kicker einmal ganz vorschichtig ganz runter, bis ich Widerstandkompression spürte.

„Er hat Kompression", sagte ich lächelnd und liess den Kicker wieder in die Ausgangsstellung zurückgleiten, schaute dem alten Töffeler in die Augen.

Er grinste und nickte. „Ich denke, also los, nütz's nüd, so schad's nüd."

Ich trat also den Kicker mit einem leichten angemessenen Schwung herunter, der Motor schnaufte pffff pfffpfff pfffffff!

Der alte Rocker schaute mich an, nickte und meinte: „So, jetzt schön fest, die Kompression ist gut, los jetzt!"

Ich trat den Kicker runter, er tuckerte, ich gab ein bisschen Gas, ganz leicht liess ich ihn drehen, bis er rund lief, liess den Gasgriff los, wir schauten uns an und hörten, wie er im Standgas gleichmässig tuckerte. Ich schaute den Alten mit Augen wie Pflugräder ungläubig misstrauisch an, nickte mit dem Kopf hin und her. Er lachte, winkte ab, nahm den Gasgriff und drehte den Motor langsam hoch, bis er ziemlich schön drehte. Dann machte er das Gas wieder zu, drehte den Zündschlüssel und sagte: „Jetzt kontrollieren wir die Kerze, ob sie no gscheid sitzt oder ob mer e no eis zwicke müend."

Er wartete, bis die Kerze abgekühlt war, zog den Kerzenstecker, griff mit spitzen Fingern an die Kerze, kontrollierte, ob sie wackelte oder fest sass. Er nickte befriedigt und meinte: „So goht's, so chunsch du scho no i d'Schwiiz. Wo muesch denn no hi mit dinere Aargauer Nummere, wo denn genau?"

Ich sagte: „Nach Baden."

Er: „Jo, dos isch ja nimi wiit, mer han no es Stück, ich muss nach Birkenau im Schwarzwald, weisch sicher, wo das isch. Ihr Schwiizer Töffbuebe sind jo viel im Schwarzwald."

Wir fuhren also los, er vorneweg immer wieder zurückschauend, ob ich kam. Damals hatte man noch keine Rückspiegel. In der Zwischenzeit war es etwa 21 Uhr geworden und es regnete immer noch. Nach rund 20 Kilometern gab mein Vordermann mit der rechten Hand das Zeichen, um abzubiegen (Blinker hatten wir noch keine). Nicht weit, und wir standen vor einem Landgasthof. Er stieg ab: „Komm, da gehen wir was essen und trocknen uns ein wenig."

Ich dachte, das ist jetzt genau das Richtige.

Im Restaurant musterte man uns ziemlich genau, denn damals waren die Töfffahrer noch nicht so beliebt wie heute. Wir waren so was wie Rocker in unseren Lederkombis und Stiefeln. Meistens traute man uns nicht so richtig über den Weg. Aber wir ignorierten das und steuerten auf einen Tisch in der hinteren Ecke, in der Nähe des

Buffets und Küche, zu und setzten uns. Ich nahm gegenüber von meinem Retter Platz. Ich schaute mich ein wenig um. Die Gaststube war diesig, die Decke aus dunklem Holz, an den Wänden hingen irgendwelche billigen Bilder, es hatte etwa zehn Vierer-Tische, die zur Hälfte besetzt waren. Es gab Leute, die etwas assen, andere tranken nur. Das Fräulein (Bedienung) kam an unseren Tisch, um die Bestellung aufzunehmen. Meine Töffbekanntschaft bestellte ein Bier, Bratwurst und Pommes, ich ein Bier, Schnitzel und Pommes. Die Serviertochter nahm alles auf und ging ans Buffet, um zu bestellen. Nachdem die Bestellung in die Küche gegangen war, kam der Wirt, der auch Koch war, zu uns an den Tisch, begrüsste uns und meinte zu meinem Kumpel: „Warsch in Hockeheim? Alter Haudege, bekommsch wohl nie gnueg vo diner Russin."
Er lachte und meinte: „Hander grosse Hunger? Natürli wie immer. I mach eu e rächte Portion, wie goht's de hei?"
Mein Bekannter sagte: „Gut, und bei dir, alles klar?"

„Jojo!" Er klopfte ihm auf die Schulter: „Also, bis zum negschte Mol, kommt guet huam."
Nun wollte ich aber langsam mehr wissen von meinem Kumpel. Ich stellte mich mal vor: „Du, ich bin de Heinz. Woher ich komme, weisch ja scho. Von Beruf bin ich Koch."
Er lachte: „Koch! Na ja, dann isch dir vergebe, dass de nimi witer gwusst hesch. Aber das mechanische Wisse wird sich entwickle, des kimmt durchs Fahren, i bin der Helmuth."
Wir gaben uns die Hand. Ich fragte ihn: „Sag mal, wie kommst du auf diese Idee mit dem Blechstreifen?"
Er lachte: „Weisch, i war Krad-Fahrer im Krieg. Was glaubsch, was mer do alles für Tricks uspacke hend müesse, wenn'd allei irgendwo i de Pampa usse gschtande bisch und din Charre goht nid meh, zu dem lersch vo jedem epis, damit nid hänge bleibsch. Do hamer richtig improvisiere müsse."
Er setzte wieder sein spöttisches Grinsen auf und sagte: „De Wirt isch en alte Kamerad vo mir. Mir kenne uns no us de Wehrmachtszyt, wenn i i der

Nöchi bin, bsuechen immer, um z'luege, wie's em goht."

Ich dachte mir, genauso siehst du auch aus, altes Frontschwein, wie sie sich selber nannten. Das Essen kam, ich fragte ihn: „Deine Dnjepr hast'e gleich von den Russen mitgebracht?"

Er lachte. „So ähnlich, des sind ganz zuverlässige Maschinen, die laufe immer, und wenn was isch, flickschs mit Draht, Zange und Spöitz."

Er grinste mich an.

Wir zahlten und gingen zu unseren Töffs. Es hatte aufgehört zu regnen, es war ja auch langsam Zeit. Er gab mir die Hand und sagte: „Also, bis irgendwann mal wieder. I bleib aber no hinter dir bis zur Abzwigig in Freiburg im Breisgau. Do gohni den dur d' Höllschlucht und huom, du gehst ja weiter bis Basel. Wünsch der viel Glück, aber i bin jo no e Zeitlang dabei, wenn wos is."

Wir schwangen uns auf unsere Maschinen und knatterten los, er hinter mir. Ich dachte mit Bewunderung, was für ein Kerl, den haut so schnell nichts um.

Ich hörte immer mit kritischen Ohren auf das Geknatter meines Motors, aber er schnurrte vor sich hin wie eine gut geölte Nähmaschine. Als der Abzweiger nach Titisee kam, fuhr er neben mich, hielt den Daumen hoch, winkte mir zu und wir verloren uns aus den Augen. Spät nach Mitternacht kam ich zu Hause in Baden an. Die Mutter war noch wach, sie hatte wieder gewartet, bis ich da war. Ich begrüsste sie.

„Chunsch aber spoht?", meinte sie.

„Jo, de Töff het nüm welle laufe, i verzel der's morn. Jetzt muessi go schlofe, zum Glück bin i Choch, so muessi erscht am nüni afo schaffe."

Im Bett liess ich mir die Sache nochmals durch den Kopf gehen und dachte, ohne Helmuth wäre ich mit meinem Töff noch nicht zu Hause und in meinem warmen Bett. Danke Helmuth!

Helmuth habe ich leider nie mehr getroffen, an keinem Töfftreffen in Deutschland, der Schweiz oder sonstwo in Europa.

Ja, damals gingen wir weit mit unseren Maschinen, genauso weit wie heute mit den hochtechnisierten Hightech-Maschinen. Ein

Wermutstropfen bleibt. Damals war Töfffahren ein Abenteuer und jetzt ist es nur noch ein Bewegen von A nach B, die einfachsten Gepflogenheiten wissen viele sogenannte „Töfffahrer" von heute nicht mehr! Schade.

Die Hochzeitsfeier

In den achtziger und neunziger Jahren machte ich mit meinem Freund Werni Tanzmusik. Wir waren das „Duo Capris". Werni spielte Knopforgel, ich Gitarre, und dazu hatten wir ein elektronisches Schlagzeug. Man nannte es „den Japaner" unter den Musikern. Aber dieses Schlagzeug konnte man nicht vergleichen mit den heutigen Hightech-Dingern.

Gesungen waren rund 60 Prozent vom Repertoire. Werni hatte seine Titel, die er solo sang, und ich hatte meine Solo-Arrangements, und zusammen hatten wir auch zweistimmige Arrangements. So gaben wir die Lieder zum Besten, die damals aktuell waren; wir gingen mit der Zeit.

Wir waren ganz gut und ziemlich bekannt in unserer Gegend. Wir probten auch immer einmal pro Woche, mittwochs, um die neusten aktuellen Nummern in unser Repertoire aufzunehmen. Die Engagements bekamen wir von ehemaligen Kunden, von Wirten und Freunden. Wir spielten an privaten und öffentlichen Anlässen wie Hochzeiten, Geburtstagsfeiern, Vereinsfeiern, an der Fasnacht, am Dorffäscht, an Silvester, usw. Es war eine schöne Zeit.

Wir tingelten an den Wochenenden in der Gegend herum, hatten immer Party und verdienten nicht schlecht dabei. Wir besprachen die Anfragen stets zusammen, ob wir diesen Gig machen wollen oder nicht, es gab auch Sachen, die wir, aus verschiedenen Gründen nicht machten: Beiz mit schlechtem Namen, kompliziert gelegene Orte, Instrumente und Anlage weit schleppen usw.

***

Eines Tages im Frühling an einer Probe kam Werni mit einem Hochzeitsengagement. Ein Freund seines Freundes hätte gerne, dass wir seine Hochzeitsfeier musikalisch begleiten, im Restaurant Seerose am Hallwillersee, die Gage wäre gut. Eine Gage war immer inklusive Fahrspesen, freiem Essen und Getränke. Wir entschieden, dass wir den Gig machen, schon weil es ein Freund des Freundes war. Also schrieb Werni den Auftrag in unserem grossen Kalender an der Wand in unserem Probelokal ein. Die Hochzeit war im Sommer, wir hatten noch genug Zeit. An der nächsten Probe kam Werni mit einem Herrn mittleren Alters daher. Er erklärte mir, das sei ein Onkel der Braut von der Hochzeit vom Freund des Freundes. Er wolle das Lied „Im Kloster von Santa Martina" – eine ältere Schnulze – für seine Nichte vortragen, denn sie hätten das viel zusammen gesungen, und ob er es mit uns proben könnte. Wir meinten, kein Problem. Ich sagte ihm, dass wir das Lied auch im Programm hätten und ihn da sicher unterstützen können. Super, meinte er, es sei ja sein Lieblingslied und er hätte es gut im Griff. Sehr guet! Dann los.

„Welche Tonart brauchst du?"

„Oho, ähhhm, ja das weiss ich jetzt auch nicht. Ich singe ja meistens alleine."

„Aha, ja dann sing mal los. Wir finden dich dann schon."

Also, er fing an zu trällern. Es war eine ziemlich wirre Sache. Sein Text hatte erfundene Sätze drin, und er konnte die Tonlage nicht halten. Werni schaute mich an und grinste, ich machte eine Grimasse, wie wenn ich in eine Zitrone gebissen hätte. Werni winkte ab und sagte: „Du ähm, wie heisst du nun schon wieder?"

„Otto."

„Okay, Otto, du solltest dich für eine Tonlage entscheiden. Wir geben dir mal eine vor, und du probierst mitzusingen. Auch haben wir dir hier den Originaltext, wenn du willst."

Er meinte: „Nein, den Text haben wir immer so gesungen."

„Also Heinz, sing du ihm vor", sagte Werni.

Ich begann so, dass Otto mitsingen konnte. So konnte er die Tonlage halten. Wir sangen die erste Strophe (Katastrophe) zusammen, dann hörte ich auf und liess ihn alleine weiter singen. Er konnte einfach die Tonlage nicht halten, die Melodie schwankte auf und ab. Wir versuchten es immer wieder, aber es ging nicht. Sobald er alleine war, verlor er wieder die Tonlage.

Werni meinte grinsend: „Komm, wir machen es dreistimmig, dann merkt es kein Schwein."
Ich konnte mich nicht mehr halten vor Lachen.
Wir entschieden, dass ich leise mit meinem Mikrofon vorsinge und der Otto richtig in sein Mikrofon trällere, so hört man meine Unterstützung kaum. Otto war zufrieden und wir? Naja, was macht man nicht alles für Kunden.
Bei der nächsten Probe erklärte mir Werni, es wolle noch einer singen. Ohhhuu nei, nid scho wieder. Der Typ käme in die nächste Probe, um zu probieren.
„Oh Gott", meinte ich, „hoffentlich ist er so gut wie der Otti."
Wir lachten.
Werni meinte: „Uf was hämmer euis do igloh?"
Wir grinsten und gingen in unser Stammlokal noch ein Bier trinken.

Am Mittwoch darauf kam der Typ, der noch etwas vortragen wollte. Er war aber nicht alleine, sondern mit seiner Freundin. Sie würden schon lange zusammen singen und würden gerne

„Jackson" von Nancy Sinatra und Lee Hazlewood singen. Super, welche Tonart bitte? Der Typ, er hiess Paul, seine Freundin Esther, meinte: „C-Dur."

Okay, wir würden ein kleines Intro machen, auf das Nicken von Werni sollten sie dann einsetzen.

„Versuchen wir es mal."

Leute, ich sage euch: Wir probten an diesem Abend nur den Song von den Zweien. Eigentlich sangen sie gar nicht schlecht, aber sie hatten Rhythmusprobleme … Naja, es muss halt gehen. Es kam dann noch der Wunsch, ob wir bereits um 17 Uhr, nicht wie im Vertrag um 20 Uhr bereit sein könnten, es hätte eine Programmänderung gegeben und sie kämen früher als vorgesehen. Wir versprachen, dass wir ab 17 Uhr bereit sein würden. Solche Sachen kamen halt immer wieder vor.

Wir wohnten beide in Baden im Aargau. Wir trafen uns immer je nach Anfahrstrecke ein bis zwei Stunden vorher im Probelokal, luden unser Equipment in Wernis Kombi und fuhren dann los.

Am Party-Ort installierten wir uns, nachdem wir mit dem Wirt ein bisschen herumgestritten hatten. Die Herren Wirten vergassen nämlich immer die Musik, wenn sie ihren Saal möblierten und dekorierten, obwohl die Party-Gesellschaft dem Wirt mitgeteilt hatte: „Mir händ dänn es Duo ab 17 Uhr. Also macht einen Platz bereit."
Trotzdem mussten wir immer um einen Platz streiten. Der Wirt jammerte dann: „Ohh, jetz hämer so schön igrichtet. Ja jetz müe mer wieder umstelle."
Aber uns war das egal, der Kunde ist König. Natürlich müssen wir dann auch noch irgendwoher Strom holen mit Kabelrolle, aber das sind eigentlich die normalen Plänkeleien mit der Hotel- oder Restaurantführung.

Also, Werni und ich bauten auf, dieses Mal gab es sogar eine kleine Bühne. Das ist super, dann haben wir unsern Standplatz. Wir machten Soundcheck, alles war gut. Wir waren sogar eine halbe Stunde vorher fertig. So konnten wir noch das Nachtessen einnehmen, um zehn vor fünf.

Nach einem kleinen Soundcheck standen wir bereit auf der Bühne. Man machte immer mit einer Servicetochter oder dem Kellner aus, dass sie uns sofort informierten, wenn die Hochzeitsgesellschaft eintraf, damit wir sofort beim Eintreten der Gesellschaft mit dem Hochzeitsmarsch die Festgesellschaft empfangen konnten. Dass die Gesellschaft nie pünktlich eintraf, war normal. Eine halbe Stunde bis eine Stunde musste man schon zugeben. Wir warteten also bis zwanzig nach fünf. Dann gingen wir raus auf den Parkplatz und warteten auf den Car. Um halb sieben kamen sie an, wir gingen rein, installierten uns, die Gitarre angehängt, der Organist machte noch schnell zwei, drei Töne, ich mit der Gitarre dazu, alles klar, die Gesellschaft konnte kommen. Die kamen dann auch, und wir spielten den Hochzeitsmarsch und Werni begrüsste die Festgesellschaft. Der Freund vom Freund winkte uns, sodass die anderen wussten, dass er uns organisiert, beziehungsweise engagiert hatte. Die Leute setzten sich an die vorgesehenen Plätze mit den Tischkärtchen. Es

waren rund 75 Personen. Sie bestellten Getränke und plauderten weiter. Der Wirt kam zu uns und sagte: „Könnt ihr am Mikrofon durchgeben, ob und wann wir mit dem Servieren anfangen könnten?" Wir gaben es durch, es wurde entschieden um halb acht.
Unterdessen spielten wir leichte Musik ohne Gesang, sodass die Leute sich in Ruhe unterhalten konnten. Da der Lärmpegel in dieser Phase der Feier immer sehr laut ist, hören die Gäste unsere Musik sozusagen sowieso nicht. Wir hatten nur beobachtet, dass es hie und dort Streitgespräche gab, aber das ist ja auch normal, jeder hat eine Meinung. Um halb acht kam wieder der Wirt und sagte, wir sollten ausrufen, das Essen werde aufgetragen. Wir machten einen Tusch, laut genug, dass die Gäste aufmerksam wurden. Werni erklärte, dass es Essen gebe. Es wurde geklatscht und der Service ging los. Während des Essens machten wir Tischmusik ohne Gesang, einfach nur Potpourris, die Gäste assen, Besteck- und Teller-Geklapper waren zu hören und Weingläser stiessen an, ab und zu

wurde jemand wieder lauter. Eigentlich alles normal. Wir hatten ja auch unsere Erfahrung, waren ja nicht das erste Mal unterwegs.

Nach dem Essen, in der langen Pause bis das Dessert serviert wird, machten wir bereits Unterhaltungsmusik mit ein bisschen mehr Phon, aber Tanzen durfte man noch nicht, da das Brautpaar den Tanz eröffnen und zuerst alleine auf der Tanzfläche den Brauttanz-Walzer absolvieren muss. Also, wir spielten etwa eine halbe Stunde, dann kam das Dessert. Uns fiel auf, dass es da unten in der Gesellschaft schon lauter wurde. Wir schauten uns an und machten in unserer Geheimsprache, wie das alle Musiker machen, Grimassen, so wie: „Du, was ist da los? Haben die Streit?"

Beim Dessert wurde uns klar, die hatten Streit. Wer gegen wen, wussten wir nicht, aber es gibt ja manchmal Unklarheiten bei den zwei hauptbeteiligten Familien des Bräutigams und der Braut. Nach dem Dessert waren wir wieder am Zug. Wir stellten etwas lauter und sagten den Brauttanz an, die zwei Jungvermählten sollten nach vorne kommen und den Brautwalzer tanzen, danach sei der Tanz eröffnet. Das Brautpaar kam nach vorne, absolvierte seinen Tanz, ging zurück an seinen Platz, und Werni erklärte, die Tanzfläche sei jetzt frei für alle.

Wir machten immer ein Set von vier bis fünf Titeln, dann wurde wieder ausgeladen zum Sitzen und Verschnaufen. Die Leute, die tanzten, setzten sich, ich rauchte schnell eine Zigarette. Nach der Zigi von mir – Werni war Nichtraucher – machten wir wieder weiter, animierten die Leute zum Tanzen, so vergingen etwa drei Tanzrunden zu je einer halben Stunde und es war jetzt ungefähr halb zehn. So genau weiss ich es nicht mehr. Auf alle Fälle krachte es plötzlich am Ende der langen Tafel: Zwei Herren im Anzug gingen ziemlich heftig aufeinander los, bald mischten sich noch zwei dazu, Frauen kreischten und bald war eine schöne Saalschlacht im Gange: Flaschen, Dessertteller, Vasen, Stühle, alles flog durcheinander.

Werni gab mir das Zeichen: „Retten wir unser Equipment." Wir rannten mit unseren

Instrumenten bei der Bühne hinten raus, stauten im Durchgang zur Küche unsere Sachen. Werni grinste. „Scheisse, was machen wir?"
Ich sagte: „Bleib du da und bewache unsere Instrumente."
Ich ging wieder auf die Bühne, hielt Ausschau nach dem Bräutigam, sah ihn in der Mitte des Saals kräftig am Mitmischen. Ich hangelte mich durch bis zu ihm und schrie: „Heee, was lauft, wie goht's wiiter?"
Er sah sich um, schaute mich verlegen an und schrie: „Gsehsches jo, mer händ scho de ganz Tag Problem gha."
Ich schrie zurück: „Ist mir eigentlich egal, wir waren zur Zeit da und haben euch bis jetzt unterhalten. Aber jetzt gömmer. Gib mir die Gage. Wir hätten ja schon bis zwei Uhr gespielt wie abgemacht … also her mir der Gage." Er schaute mich verdutzt an, griff aber in seine Smoking-Innentasche, gab mir ein Couvert und schrie: „Quittig chum i dänn cho hole." Ich nickte und schaute, dass ich so schnell als möglich raus kam.

Werni stand im Gang bei unserem Equipment und fragte: „Und? Was lauft?"

Ich lachte. „Ilade, d'Gage hani, mer händ frühner Führobig und Gage isch zahlt bis am zwöi. Mir chönd no is Casino s'Duo Amore go bsuächä und tanze."

Er warf die Hände in die Höhe, liess ein „sehr guet" raus, wir verabschiedeten uns auf Französisch und fuhren Richtung Wettingen und lachten. Wir verbrachten den Rest des Abends im Restaurant Casino Wettingen mit dem befreundetem „Duo Amore". Sie schauten erstaunt, als wir auftauchten. In der Pause erzählten wir ihnen in kurzen Zügen, was passiert war. Wir lachten alle und hatten noch eine gemütliche Tanznacht.

Tage später rief der Freund des Bräutigams Werni an wegen der Quittung und so. Werni sagte: „Komm ins Probelokal, da haben wir die Quittung schon bereit."

Er kam am Abend wie ausgemacht vorbei, wir setzten uns an unsere kleine Bar, tranken ein Bier und fragten, was denn überhaupt los gewesen sei. Er erzählte uns, die zwei Familien hätten das Heu eben nicht auf derselben Bühne, besonders die zwei Brüder des Bräutigams und die zwei Brüder der Braut. Es wäre schon der ganze Tag am Knistern gewesen, und am Abend sei es eben eskaliert, aber das vermählte Paar sei zusammen, und es würde sich bei uns entschuldigen.
Wir sagten: „Ach! Das ist schon okay, wir haben schon manche Mätzchen erlebt, wir fallen nicht so leicht um."

Wilhelm Tell auf dem Wettinger Stausee

Die Geschichte spielt anno 1960, ich war gerade zwölf Jahre alt. Damals konnten wir noch freier leben als die Jugend von heute, vor allem wurden wir nicht so gehätschelt. Wir waren Abenteurer, Naturburschen. An den freien Tagen und in den Schulferien waren wir nur draussen, es gab keine Computerspiele, keinen Fernseher usw. Wir unterhielten uns selbst, wir waren im Wald oder an unserem geliebten Limmatstausee oder unterhalb, am Fluss.

***

Wir vom Altenburg Quartier waren meistens an der Limmat, wir waren die Riverboys. Mein vierzehnjähriger Freund Peter und ich gingen in Baden in den Ruderklub „Limmatfahrer", der unter der Hochbrücke stationiert war. Unsere Schiffe waren Weidlinge. Ein Weidling ist ein

Flachboot, in der Regel zehn Meter lang und 1.50 Meter breit und hat ein Gewicht von etwa 320 Kilogramm und war damals aus Holz. Ein Mann stand hinten mit einem grossen Ruder und vorne in der Mitte stand ein zweiter Mann mit einem Stachel, der zwei Meter lang war und unten einen Zweispitz aus Metall hatte. Mittels dieses Stachels stachelten wir zu zweit, der Rudermann hatte ebenfalls einen Stachel, gegen den Fluss am Ufer entlang. Flussabwärts legte der Rudermann den Stachel in den Kahn und steuerte mit dem langen Ruder, das auch zwei Meter lang war. Das musste man gut können, sonst ging's bachab, bei uns hiess es dann: Oederli einfach. Die Firma Oederlin war in Rieden bei Nussbaumen und lag an der Limmat. Im Training mussten wir dann wieder am Ufer entlang zurückstacheln bis zur Holzbrücke von Baden. Manchmal bei Wettstreiten wurde man mit einem Motorboot zurückgezogen.

Im Herbst mussten alle Schiffe aus dem Wasser. Sie wurden dann zum Winterlagerplatz hinter der

Au gebracht, um sie dort zu reparieren oder auch zu zerlegen, wenn sie irreparabel waren. Wir, die Jungfahrer, mussten am Samstagmittag im Schiffshafen sein und helfen, was gerade so anfiel. Die Schiffe wurden mittels eines Krans, der fest montiert an der Ufermauer (Kaimauer) war, aus dem Wasser gehoben. Dann kamen sie auf einen Hänger und ein Klubmitglied fuhr die Schiffe zum Winterplatz. Dort untersuchten die erwachsenen Limmatfahrer die Schiffe.

Ein Schiff blieb in Baden und wurde zum Zerlegen frei gegeben, da es ziemlich ramponiert war. Es leckte an manchen Stellen und hatte vorne im Bug ein etwa 30 Zentimeter grosses Loch, weil jemand auf einen grossen Stein gefahren war. Also beschlossen die Männer, den Weidling nicht mehr zu reparieren. „Das zerlegen wir fürs nächste 1. Augustfeuer."

Wir, Peter und ich, fanden das zwar schade, aber wir hatten ja nichts zu sagen. Wir waren Jungfahrer und hatten noch kein Stimmrecht. Als wir am Abend noch bei Peter zu Hause rumhockten, sagte er plötzlich zu mir: „Chömmer s'Schiff ächt ha, wenn mer die richtige Lüt froget?"

Ich fuhr mir über meine Stirne und meinte: „Ähhmm, mer müsstet de Presi froge, aber was wilsch mit dem Schiff?"

Jetzt wurde Peti ganz euphorisch. „Wir könnten den Vater fragen, ob wir es im hinteren Teil des Gartens aufstellen könnten, um es zu reparieren. Und wenn es dann wieder schwimmt, in den Stausee lassen und damit rumschippern, fischen und so."

Jetzt wurde auch ich ganz nervös: „Ja, das wär aber super. Chumm, mer froget mol din Vater."

Der Vater sass in der Stube, las in der Zeitung. Wir schauten uns an, ich zwinkerte Peti zu, na geh schon, ich gebe dir Unterstützung.

„Ähm! Du Vater, chan i di öppis froge?"

Der Vater sah von der Zeitung auf, musterte uns zwei und machte eine Grimasse, wie wenn er in eine Zitrone gebissen hätte. „Was wänd ihr wieder, ihr zwöi Verruckte?"

Peter sagte: „Ähm! Bruchsch du de hinteri Teil vom Garte? Weisch dä, wo nüd isch als Wiese."

Der Vater: „Ouhhh ouhh! Was händ ihr wieder im Sinn?"

Peter sagte: „Jaaa, mir chönntet eventuell en Weidlig vom Ruederklub ha."

Der Vater sagte: „Wie bitte? En Weidlig! Spinned ihr jetzt ganz, was wänd ihr denn mit dem Weidlig?"

Wir erzählten ihm nun die ganze Geschichte und er kratzte sich am Kinn und meinte: „Jäää, chönnd ihr das Schiff dänn flicke?"

Wir im Chor: „Jo sicher, mir wüsset ja wies goht, händ ja im Klub immer ghulfä und Material chönnte mer sicher au ha."

Der Vater sagte: „Wänd no schlofe drüber, morn Zobe entscheidi denn."

Wir gingen zurück auf die gedeckte Veranda, das war unser Refugium. Von der Veranda aus konnten wir die Strasse überblicken, nichts entging uns. Auf der Veranda stand eine alte Couch, die die ganze Breite von der Veranda einnahm. Das war ein richtiger Hochsitz. Wir tummelten uns jeden Abend auf der Veranda, alleine oder mit Freunden.

Am Abend darauf warteten wir sehnsüchtig auf den Vater von Peter, wie er wohl entschieden habe. Wir sassen auf der berühmten Veranda, als der Vater kam: „Guete Obig Buebe", sagte er freundlich.

Wir grüssten freundlich zurück: „Gute Obig Vater, Herr Rupp."

Wir liessen ihn erst mal ankommen und dann, als er in der Stube am Tisch sass, murrten und knurrten wir mal rum in der Stube: „Ähhm, mmmm, ahhh."

Der Vater sah uns an. „Was wänd ihr?"

Peti: „Jaaa ähhm, häsch der's überleit, wägem Garte? Es wär ja nur über de Winter, im Früelig gömmer dänn in Stausee mit em Kahn."

Der Vater sah uns lange an, dann meinte er: „Händ ihr im Klub scho gfröget, öb ihr das Schiff ha chönd?"

Wir meinten: „Joh nonig so richtig, mer müend ja zerscht wüsse wohi demit."

Der Vater überlegte nochmals, dann sagte er: „Also guet Buebe, wenn ihr s'Schiff händ, chönd ihrs hinderestelle zum Repariere, im Früelig muess es aber wäg."

Wir riefen: „Ja chasch sicher si, danke viel mal Vater, danke Herr Rupp."

Auf der Veranda besprachen wir das weitere Vorgehen. Ich sagte: „Jetzt müemer sofort zum Presi, mitem go rede. Chumm, mer gönd i sini Schrinerwerkstatt go luege, öb er no det isch. De macht ja immer lang, bis er d'Werkstatt zue macht."

Wir nahmen die Fahrräder und pedalten los. Von dort wo Peter wohnte zum Presi war es mit dem Fahrrad zehn Minuten. Jetzt war es halb sieben, also los! Wir kamen zur Werkstatt, der Presi war noch am Arbeiten, wir grüssten freundlich und er sagte: „Naa! Wa esch mit eui? Es isch erscht morn Training."

„Mer chömed wägem Schiff, wo kaputt isch."

Der Presi grinste. „Ah, so."

Wir meinten: „Ja, mir wettet froge, öb mer das Schiff döfet ha?"

Der Presi machte grosse Augen, schaute uns an: „Ähm! Wie bitte? Ihr wänd das Schiff? Was wänd ihr denn mache demit?"
„Mer versuchet's z'repariere und im nächschte Früelig tüend mer's in Stausee zum Fischen und so."
„Aha! Ja, do muess i zerscht no mit de andere rede. Morn isch ja Training, denn chö mer's grad bespräche."
„Danke Presi."
Wir gingen wieder zurück zur Veranda und redeten noch eine Zeitlang darüber.

Am nächsten Abend im Training gingen wir wieder zum Presi. „Und, „händ ihr gredet?"
„Geduld Burschte, da mache mer nacher im ‚Alexander'." Er meinte damit das Restaurant Grosser Alexander in der unteren Altstadt in Baden. „Kommt morgen nach der Schule vorbei, dann weiss ich es. Wir schauten uns an, machten grosse Augen.
Pffhhh! no mol warte.

Aber es blieb uns nichts anderes übrig, meine Idee war, bei den Klubmitgliedern ein bisschen zu intervenieren, aber Peti meinte: „Lieber nöd, suscht het de Presi no s'Gfühl, mer wellet ihn umgoh."

„Hesch rächt, warte mer bis morn."

Nach dem Training gingen wir wieder zur Veranda und redeten noch ein wenig über die Sache, danach ging ich nach Hause, ich wohnte ein paar Strassen weiter, fünf Minuten mit dem Fahrrad. Ich hatte einen unruhigen Schlaf, träumte ich doch immer vom Schiff.

In der Schule anderntags fiel mir nichts leicht, ich hatte den Kopf nur beim Schiff. Nach dem Mittagessen, noch vor der Schule, rasten wir zum Presi in die Werkstatt. Er fing jeweils um ein Uhr wieder an, die Schule begann um halb zwei. Also würden wir zu spät kommen, aber egal. Die Antwort vom Presi war jetzt wichtiger. Peter und ich gingen nicht in dieselbe Klasse, er ging unten im Kloster in die Schule, ich oben im Dorf, also kein Problem, wenn wir zu spät kamen. Jeder konnte sich seine eigene Ausrede zusammenzimmern. Als wir in die Werkstatt zum Presi kamen, war er schon dort. „Ahhh Buebe, händ ihr kei Schuel?"

„Erscht am halbi drü, nur Schulgarten." Der Presi wusste ja nicht wie, was, wo.

„Also Jungs, mer händ entschiede, dass ihr under bestimmte Bedingige, s'Schiff chönnd ha. Erschtens, ihr vepflichtet eui mit Handschlag und emne Verspräche, dass es mit dem Kahn keini Problem git und bis Ändi Monet us euisere Hafealag dusse isch. Zweitens, euiri Eltere müend schriftlich bestätige, dass sie iverstande sind. Drittens, mir wänd de Kahn im Früelig kontrolliere, öber wieder is Wasser chan. Erscht dänn döfed ihr en in Stausee loh. Alles klar?"

Er hielt uns seine Hand hin, und wir schlugen ein und versprachen, dass wir uns an die Abmachung halten würden. In dieser Zeit galt ein Handschlag noch, er war wie ein Vertrag und war immer voll akzeptiert.

Wir gingen in die Schule und liessen den Anschiss über uns ergehen. Nach der Schule trafen wir uns auf der Veranda, denn wir mussten jetzt beraten, wie wir an die schriftlichen Einverständnisse unserer Eltern kamen. Meine Mutter war nicht so ein Problem, aber der Vater von Peti war da nicht so einfach. „De Vertrag mues äso si, dass din Vater und mini Muetter nur no underschriebe chönd. Chumm, mir gönd zu mim Onkel, de cha eus hälfe. Er hed es Treuhandbüro in Bade."

Wir gingen also zu meinem Onkel. Die Sekretärin kannte mich und liess uns, nachdem sie telefonisch nachgefragt hatte, ob er schnell Zeit hätte für uns, zu meinem Onkel in dessen Büro. Der Onkel sagte: „Oha! Heinz, was händ ihr agstellt, dass er mich bruched?"

„Nüd nüd, Unggle Markus."

Wir erzähltem ihm unser Anliegen und er sagte: „Also Heinz, ich diktiere, du schribsch ohni Fähler, mir kontrollieret's dänn zäme."

Er fing an zu diktieren. Oben links Name und Adresse von deiner Mutter, dann fünf Linien Abstand, dann kommt der Text, der da heisst:

Ich, Frau Helene Schmid, bestätige hiermit, dass ich einverstanden bin, dass mein Sohn, Heinz Schmid, den Weidling vom Ruderklub gratis übernehmen darf.

So oder ähnlich war das Schreiben für meine Mutter und den Vater von Peti. Nun kam die schwierigere Phase: die Unterschriften. Ich ging zu meiner Mutter und erklärte ihr alles, auch dass Petis Vater uns einen Teil des Gartens überliess, wo wir das Schiff überwintern und reparieren konnten. Sie beriet sich noch mit meinem fünf Jahre älteren Bruder Böby (Bruno). Der Vater war zwei Jahre vorher gestorben, deshalb war mein Bruder nun der Berater meiner Mutter. Er meinte, wir seien ja im Ruderklub und können sicher umgehen mit so einem Kahn. Meine Mutter war einverstanden und unterschrieb. Am nächsten Tag als ich Peti traf, fragte ich: „Hesch d'Unterschrift? I hasi vo minere Muetter."

  Peti grinste. „Ja, du weisch ja wie min Vater isch. Er muess wieder schlofe drüber. Er seid mer's hüt Zobig. Chunsch denn au mit, und zeigsch em d'Unterschrift vo dinere Muetter, das wird hälfe."

Am Abend gingen wir wieder wie gehabt zum Vater, vorsichtig und leise. Er fragte: „Na Buebe, was mache mer mit dere Beglaubigung?"

Ich sagte schnell: „Herr Ruepp, mini Muetter isch au iverstande, lueget do d'Unterschrift vo minere Muetter. Sie müend kei Angscht ha, mir verspräched, dass nüd passiert."

Der Vater murkste noch ein bisschen rum, unterschrieb dann aber. Auf der Veranda meinten wir: „Pffffhhhh ändlich. Jetzt aber sofort zum Presi, damit de Kahn für euis reserviert isch."

Wir fuhren sofort zum Presi in seine Werkstatt, übergaben ihm die unterschriebenen Schreiben und er meinte: „So! Alles klar, Buebe. Jetzt chönd ihr los loh. Wie bringed ihr de Kahn hei?"

„Jo, keis Problem. Mer organisiert öpper mit eme Traktor."

Natürlich wussten wir noch nicht, wie wir das Ding abtransportieren sollten. Auf der Veranda wurde nun geplant, verworfen und neu geplant, bis wir eine Idee hatten, wie wir den Kahn nach Hause bringen.

Nun muss ich dem Leser und der Leserin erklären, wo der Kahn stand, und wo der Peti wohnte, wo der Kahn hin musste. Also, das Schiff stand in Baden in der unteren Altstadt, im sogenannten Graben. Der Graben war zuerst ein schmales Strässchen, parallel zur Unteren Halde, aber hinter den Altstadthäusern, danach ging der Graben in eine normale Durchfahrtsstrasse über, hoch bis zum Café Spitz, das am Brückenkopf der Hochbrücke lag. Wir mussten also den Graben rauf, der hatte etwa eine Steigung von acht Prozent und war etwa 300 Meter lang. Ab dem Café Spitz mussten wir über die Hochbrücke, die war die Hauptverbindung zwischen Baden und Wettingen, also gut befahren. Nach der Hochbrücke rechts durch die Schwimmbadstrasse, beim Badener Schwimmbad vorbei und dann nach links in die Seminarstrasse. Dort wohnte Peti in einem Kosthaus von der BBC

(Brown Boveri & Cie). Die ganze Strecke war etwa 6.5 Kilometer lang.

Die Idee war, wir fragen in unseren Klasse alle Buben, ob sie uns helfen würden. Wir wollten den Kahn hinten und vorne auf zwei starke Wägelchen stellen und dann einfach schieben. Die Räder mussten hoch sein, also suchten wir alte Kinderwagen, die wir zusammenklappen konnten und dann den Kahn daraufstellen, mit Stricken festbinden und so rollen lassen. Die Wägelchen durften auch nicht zu hoch sein, mussten wir doch den Kahn auf die Wägelchen hieven.

Also, wir fragten mal erst alle Buben in unseren Klassen. Die waren alle begeistert. „Mir mached mit." Kaum zu glauben, aber ein grosser Teil der Mädchen wollte auch mitmachen. Das war ja super, je mehr mehr stossen, umso besser geht's. Der Transport wurde auf die Herbstferien geplant. Ein Bauernsohn, Fritz, von meiner Klasse erklärte uns, sie hätten einen Holztransportwagen. Der sei etwa fünf Meter lang, etwas mehr als 1.50 Meter breit und 50 Zentimeter ab Boden. Er habe vier

Vollgummiräder, vorne zwei bewegliche. Der Wagen hatte ein Chassis aus Eisenrohren und aussenrum an allen vier Ecken und in der Mitte könne man Eisenrohre einstecken, je nach Höhe der Ladung, damit das Holzfuder nicht runterfalle. Es sei eine Eigenkonstruktion des Vaters. Der Wagen wäre ideal, wenn die Breite stimmte. Wir gingen messen. Der Wagen hatte 1.63 Meter Innenmass, der Kahn 1.56 Meter Aussenmass, wir hatten also noch etwas Luft. Der Vater von Fritz war einverstanden, gab aber zu bedenken, dass der Wagen etwa 40 Kilogramm Eigengewicht habe. Den Wagen brachten wir einen Tag vor dem Transport zu dem Schiff, dazu richtige Seile, die bekamen wir auch vom Bauer. Das alles legten wir bereit.

Am Tag des Transportes trafen wir uns alle bei der Holzbrücke, mittags um ein Uhr. Wir hofften, dass wir so nicht allzu viel Verkehr hatten. Alle kamen pünktlich. Wir gingen nun in den Graben zum Schiff. Nun mussten wir erklären, dass nur Peti oder ich Befehle gaben und alle genau das machen mussten, was wir sagten, denn wir waren uns bewusst, dass es ist nicht ungefährlich war, diese Fuhre zu machen. Zuerst mussten wie das Schiff auf den Wagen heben. Wir entschieden, dass wir Buben vorne den Kahn hochheben, und die Mädchen mit Peti den Wagen darunter schoben. Ich kommandierte die Buben: „Wir bildeten eine Zweierreihe, die grösseren hinten, die kleineren vorne."

„Also „Burschte, uf drü muess er ufe. Eis, zwei, drü, ufffeeee mit em!", riefen wir alle.

Der Kahn ging ziemlich schnell hoch. Als er bis fast in die Mitte frei in der Luft war, schoben die Mädchen mit Peter den Wagen schnell genau darunter.

Peter rief: „Alli Meitli wieder äweg, Bube langsam abe loh!"

Wir liessen den Kahn langsam runter, er kam gut auf den Wagen zu liegen, sodass wir ihn nur noch ausbalancieren mussten. Peter rief:„Brrraaaavvvvooooo! Super gmacht, jetzt no luege, dass er schön i de Mitti isch."

Wir rutschten, lupften und schoben noch ein bisschen rum, bis der Kahn richtig gut auf dem Wagen lag. Nun kamen Fritz und ich an die Reihe, denn nur wir zwei konnten den sogenannten Bindbaum Knoten (Bauernknoten), den man brauchte, um die Heufuder zu fixieren. Mittels eines Bindbaums wurde eine lange Holzstange, die man in der Mitte über das Heufuder (bei uns übers Schiff) legte und dann hinten und vorne mit einem Strick festzurrte. Den Bindbaum konnten meistens nur die Bauern und ihre Söhne, oder solche wie ich, die beim Grossvater auf dem Bauernhof die Sommerferien verbrachten und den Knoten früher oder später auch gelernt hatten. Auch wir machten einen Bindbaum (Masten) längs über das Schiff. Der Mast gehörte dem Ruderklub, wir durften ihn benutzen.

Nachdem alles klar war, erklärte Peti, wie das mit dem Schieben gehen muss. „Also loset: Mir, d'Buebe, göhnd hindere und i d'Mitti, links und rächts uf de Site, immer es Meitli und en Bueb, aber nid so nöch, dass ihr euch behinderet. Heinz, du bisch ganz dihende, hesch det alles unter Kontrolle. Ich bi ganz vorne zum Wiese, mir mached immer wieder Pause, für das hämer do die Hemmschüe mitgnoh, die chamer eifach under d'Hinterredli lege, wemmer no am Hang sind und mer nüme möged. Den stoht de Wage still, cha nid dervo rolle. Also, uf los, stosse mer alli gmeinsam mol bis i d'Halde ufe. Also, eis, zwei, drü und los!"

Alle fingen an zu stossen und der Wagen rollte los. Wir kamen ohne Probleme am Übergang in die Durchfahrtsstrasse Graben an, da machten wir eine Pause zum Verschnaufen. Unsere Freunde und Freundinnen prusteten und schnauften ganz schön. Peti und ich motivierten sie. Peti sagte: „Lueget det ufe zum Café Spitz, es isch nümme wiit und steiler isches au nöd, da schaffe mer ohni witeres."

Unsere Freunde und Freundinnen schauten nach oben, nickten und meinten: „Hoffentlich."

„Also, wämmer wieder goh? Meitlis was meined ihr, goht's wieder?" Sie schauten sich an und sagten: „Was d'Bube chönd, chönd mer au, gömmer!"

Peti übernahm wieder das Kommando. „Eis, zwei, drü, los."

Wir fingen alle gemeinsam wieder an zu stossen, auch dieses Mal ging es ganz flott bis zum Café Spitz, und da fing ja die Hochbrücke an. Nach einer längeren Pause ging es wieder los. Nur jetzt mussten wir über die Hauptkreuzung auf die andere Strassenseite. Alles war mit Ampeln organisiert. Wir warteten bis der Graben frei gegeben wurde und liefen los, der Wagen rollte ganz ring, wir kamen gut über die Kreuzung und die Autofahrer nahmen, verwundert ob dem Gefährt, Rücksicht auf uns.

Nun kam die Hochbrücke. Sie war 300 Meter lang. Wir mussten auf der Strasse bleiben, da das Trottoir zu hoch und schmal war. Wir waren eine ganz schöne Behinderung, denn überholen konnte niemand wegen dem Gegenverkehr und der Sicherheitslinie. Aber damals hupte niemand, die Auto-, Motorrad- und Fahrradfahrer liessen uns in Ruhe laufen. Wir rannten mit dem Schiff, denn es

lief ja gut. Am Ende der Hochbrücke mussten wir rechts weg in die Schwimmbadstrasse, die auch wieder etwa 0.5 Prozent Steigung hatte. Wir kamen ja mit viel Schwung, so dass wir die kurze Steigung, vielleicht 50 Meter, ohne Probleme überwanden. Nun ging es nur noch geradeaus. Wir konnten gehen, denn der Wagen fuhr fast von alleine. Bei der Kreuzung beim Eingang zum Schwimmbad mussten wir links in die Seminarstrasse rein, wo Peti etwa in der Mitte wohnte. Wir kamen schnell zum Haus und rein in den Garten. Den Platz hatten wir schon vorbereitet, Seile lösen, Kahn hochheben, Wagen rausziehen, und fertig war die Gugelfuhre.
Wir lachten alle, hatten Freude, dass alles so gelaufen war. Peti sagte: „So, jetzt chunt de schönschti Teil. Mer mached det äne es Füür, d'Muetter het Cervelats zum Brötle gholt, z'Trinke het's det scho im Brunne. Holet so viel wien ihr wänd."
„Bravoooo", riefen alle. Ein paar Jungs und ich machten ein Feuer, jedem einen Haselstock in die Hände, Würste zum Krebs eingeschnitten und

übers Feuer damit. Es wurde diskutiert und geredet über den Transport, den wir gemacht hatten. Alle waren zufrieden. Am Abend kam der Vater von Peter das Schiff anschauen. Er wiegte den Kopf. „Ja Burschte, do händer no öpis vor, bis das Schiff wieder wassertüchtig isch. Es isch machbar, wenn ihr Schwierigkeite händ, rüefet mir, mer findet denn sicher en Wäg."

Am anderen Morgen so um neun fingen Peti und ich mal an, das Schiff auf zwei Böcke zu stellen. Ich konnte das Schiff auf einer Seite alleine hochheben, Peti stellte die Böcke gerade nach dem Bug unter. So war der Kahn 50 Zentimeter ab Boden. Nun kam auch Franz, ein Nachbarsbube, dazu und half mit. Zuerst wollten wir das Schiff mit warmem Pech ausschwemmen. Der Franz meinte: „Händ ihr scho Päch?"
Wir sagten: „Eigentlich nöd, wo chömemer das über?"
Franz sagte: „Bimene Baugschäft am allererschte."

Wir gingen zu einem kleinen Baugeschäft. Wir begrüssten den Mann, den wir im Magazin antrafen. „Grüezi, chönntet mir öppe 50 Kilogramm Päch ha und wa choschtet da?"
Der angesprochene Mann schaute uns an. „Für wa bruched ihr dänn so viel Päch? Übrigens, da heisst Bitume."
„Mir wänd es Schiff abdichte."
„Jä so, das isch aber es grosses Schiff."
„Ja, mir händ en Weidlig."
„Gönd mol is Büro. Det äne bi dere Türe det müend ihr inne, fröget det."
Peter, Franz und ich gingen zum Büro. Wenn man reinkam, war da ein Tresen. Dahinter sass eine ältere Dame, die schaute uns neugierig an und sagte: „Grüezi mitenanand, was händ ihr Guets?"
„Grüezi. Mir söttet öppe 50 Kilogramm Bitume ha, wa choschtet da?"
Die Dame schaute uns mit grossen Augen an. „Bitume!? Für was bruched ihr dänn so viel Bitume?"
„Mir müend en Weidlig ganz usschwämme."

„Wie bitte? Weidlig, wasch da?"

„Es Schiff."

„Oha! Wartet, i hole de Chef."

Der Chef kam und sagte: „Bitume! 50 Kilogramm! Da isch nid billig, für wa bruched ihr so viel?"

„Mir wänd euisä Weidlig schwämme, damit er wider dicht isch."

Der Mann schaute uns an. „Woher händ ihr dänn de Weidlig?"

Wir erzählen ihm die Geschichte, wie wir an den Weidling kamen.

„So so, und ihr wänd de Kahn ganz elei flicke?"

„Ja, das chömmer scho, mer sind ja bi de Jungfahrer vom Limmatklub Bade, mer münd au immer mithälfe."

„Aha, ihr sind vom Limmatklub Bade. Bi dänne bin i früener au mol gsi. Also lueget, mer machet's äso. I gibe euch 50 Kilogramm mit, dänn düend ihr schwämme und de Räscht wäge mer dänn wieder, und das wonner brucht händ, chönder dänn zahle."

„Oh danke vielmol, das isch ja wunderbar."

„Wie wänder das Pack mitnäh? 50 Kilo sind schwär, Buebe."

„Mer händ en Veloahänger debi, do chömmers druflade."

„Guet, gönd is Magazin. I säg im Magaziner, er söll euch en 50 Kilosack usegäh und euiri Adrässe ufschriebe, das mer wüsset, wo's Zeug isch."

Als das Paket auf dem Anhänger stand, gingen wir glücklich und zufrieden nach Hause. „Also Peti, s'Wichtigschte hämmer. Jetzt müemer s'Loch flicke vorem schwämme."

Da der Bug und das Heck vom Weidling je etwa 50 Zentimeter nach oben gebogen ist, und das Loch sich in der Krümme befand, mussten wir erst etwas mit Blech und dann mit Holz machen. „Wie wämmers s'Loch mache? Was meinsch?", fragte ich Peti.

Er war der Ideen- und Planermensch und zwei Jahre älter (er wurde dann ja auch Maschinenmechaniker). Ich war handwerklich geschickt, aber kein Planer, ich wurde später ja auch Koch und Beizer.

„Ja, mer münd zerscht en Rahme us Flachise mache, de schrube mer dänn druf, und det druf chunt es Aluminiumbläch mit de Rundig und das niete mer dänn uf de Iserahme, nachher chunt no es Holzbrätt drüber. Alles schwämmemer dänn us."

„Alles klar, Chef", meinte ich, „so mache mer's". Also gingen wir zu einer Bauspenglerei, um das Alublech und Flacheisen zu organisieren, was ziemlich einfach vonstatten ging. Die Frage tauchte noch auf, ob wir die Reparatur noch jetzt im Herbst machen sollten wegen dem Winter und der Gefriergefahr. Beim nächsten Training fragten wir den Presi, was er meine. Er sagte: „Wenn ihr no vorem Winter chönntet schwämme, wär das guet und git kei Problem, aber de Bitume muess uströchnet sie, dänn müender s'Schiff so decke, dass kei Wasser dri chund über de Winter. Im Früelig, wenn's dänn warm wird, münd er's fülle mit Wasser, damit's öppe vier bis sechs Wuche lehchnä chan".

Wir gingen ran und machten den ganzen Kahn so weit fertig: Metallrahmen, Holzplatte, mit

Bitumen und schwämmen, wie es der Presi vom Klub erklärt hatte. Wir legten eine Dachlatte längs über die Astgabeln, die wir hinten und vorne anbrachten, legten eine Blache wie ein Dach darüber, befestigten die Blache mittels Stricken unter dem Schiff durch, sodass der Schnee und das Wasser ablaufen konnten. Wir kontrollierten über den Winter immer wieder, ob alles in Ordnung sei.

Eines Tages mitten im April des folgenden Jahres kam die grosse Show: Wie sieht die Reparatur und der ganze Schiffsboden aus? Wir zogen die Blache langsam runter, wir sprachen kein Wort vor lauter Spannung. Jeder fragte sich, wie es aussehe …
Es hat alles gehalten wie es sein sollte. Die Blache kam langsam runter und der Boden sah Stück für Stück gut aus. Nachdem die ganze Blache weg war, schauten wir uns an und grinsten befreit.
Peti meinte: „Du mir händ's glaub guet gmacht. Es gseht us wie rächt."

Wir grinsten uns wieder an, setzten uns auf den Schiffsrand und kontrollierten die Reparaturstelle. Mit den Händen fuhren wir ganz leicht darüber: keine Risse, keine Blasen, alles wie es sein muss. Nun mussten wir das Schiff umdrehen, um den Unterschiff-Boden zu reinigen und schleifen und dann mit Bitumen streichen. Das gab nun Arbeit für mindestens zwei Wochen, sicher bis Ende April. Anderntags, am Mittwochnachmittag, machten wir uns nach der Schule an die Arbeit. Zuerst den Kahn drehen, das war nicht so einfach. Das Ding war ja schwer und stand auf zwei Böcken. Wir holten uns also wieder Hilfe bei unseren Schulfreunden. Zwei oder drei kräftige Burschen waren schnell organisiert. Wir organisierten den Fritzli (er wurde von seinen Eltern so genannt) wir nannten ihn alle auch so, obwohl Fritzli uns alle einen Kopf überragte und muskulös war. Dazu kam Cesare, genannt Tschingg, allerdings war das nicht böse gemeint, es war einfach sein Spitzname. Für uns, die Freunde aus seiner ehemaligen Klasse, heisst er heute noch so, obwohl wir alle schon pensioniert sind. Also, wir vier standen vor dem Kahn und überlegten wie wir es anstellen sollten, das Ding auf den Bauch zu drehen.

Peti meinte: „Zwei vorne, zwei hinde, dänn lege mer en uf d Site und nachher kippe mer en um uf d'Böck oder was meinet ihr?"

„Ich meinte, mir müend dä Kahn uf zwei glichhöchi Böck übere dreie chönne, sodass er dänn uf em Buch lied."

Peti fragte: „Und wohär nähme mer die Böck?"

„Din Vater het doch au en Sagibock und mine au, und sage müend's ja erscht im Herbscht wieder", sagte Fritzli.

„Genau!", riefen wir alle, und wir organisierten die Sageböcke sofort. Fritzli war ja der Nachbar von Peti, deshalb konnte er den Bock sofort holen. Den von Petis Vater holten wir aus dem Keller. Wir stellten die Böcke neben das Schiff auf die gleiche Höhe. Das Problem war aber noch, dass wir den Kahn nun so überdrehten, dass es auf die Böcke daneben auf den Bauch zu liegen kam. Wie machen wir das?

Der Tschingg meinte: „Mir bruched zwöi Brätter, die lege mer zwüsched d' Böck inne und übertröllet de Kahn dänn."

Gesagt, getan. Die Bretter waren schnell beschafft. Ganz so einfach war es dann aber doch nicht, aber mit vereinten Kräften schafften wir es. Nun schauten wir uns das Schiff von unten an. Es war nicht so schlimm wie wir erst dachten. Wir fingen an zu schleifen von Hand, denn solche Maschinen, wie man sie heute in jedem Supermarkt kaufen kann, hatten damals nur die Schreinereien. Die zwei Freunde halfen uns tatkräftig. Wir schliffen etwa acht Tage bis es so war wie wir es wollten. Danach kam die Bitumen-Streicherei. Bitumen warm machen in einem Kübel über einem Feuer, dann mit grossen Maurerpinseln aufstreichen, trocknen lassen, wiederholen. Nun kam uns die Idee, wir könnten den Kahn doch besegeln.

Ich sagte: „Gute Idee. Aber, wie machen wir den Masten fest, was für eine Besegelung?"

Wir überlegten, besprachen, verwarfen, bis wir an einer Idee festhielten.

Peti meinte: „Weisch so wie's d'Vikinger gha händ, i de Mitti en Maschte und es quatratisches Sägel dra."

„Hmmm", machte ich, „s'Sägel müesst obe am Maschte frei laufe chönne uf alli Site und mer bruchte links und rächts zwöi Seili, um z'sägle chönne, sodass es blähit."

Wir holten unser Schullexikon und studierten viele Besegelungen und wie die Technik sein müsste. An einem Rudertraining fragte uns der Tarzan: „Und? Schwümmt de Kahn scho, Buebe?"

Wir sagten: „Nei, mir wettet no es Sägel ane mache, müend aber no plane wie."

Tarzan schaute uns an und meinte: Ihr müend ä Luggersegel Takelung ha."

Jetzt schaute ich ihn verdutzt an: „Wie bitte, wa meinsch, mer chömed nid drus."

Er lachte: „Das glaub ich eu. Also Jungs, es isch äso, i bin mit sechzähni uf es Schiff als Schiffsjunge. Das isch en Windjammer gsi. I has bis zum Maat brocht, noch 25 Johr han i gnueg gha und bi wieder heicho do uf Bade. Drum säget mir die Ältere äbe Tarzan. Aber genau will i mit so Sägelschiff Bscheid weiss, chönt ich euich hälfe, wenn er wänd."

Wir schauten ihn gross an und erwiderten: „No so gern."

Tarzan kam am anderen Tag vorbei und sagte: „So Buebe, jetzt chered mer de Kahn wieder um, dänn luege mer wo de Maschte hi chunt und wie mer en befestiget, aber au so, dass mer en chönd abelegge. Ihr zwei hinde, ich vorne."

Der Vater von Peti kam angerannt und rief: „Wartet, i chume cho hälfe."

Tarzan sagte: „Wunderbar. Also, ume mit em uf de Bode, so chömer besser schaffe, hooo-hoop."

Der Kahn drehte sich fast von selbst. Der Vater von Peti und der Tarzan redeten zusammen wie unsere Schnapsidee umgesetzt werden könnte.

Der Vater von Peti meinte: „Chan i nid mitrede? Verstohni z'wenig defo?"

Tarzan fing an zu messen und murmelte vor sich hin und meinte plötzlich: „Do häre muess er, mached do es dicks Brätt querdure mite me Loch

i de Mitti, wo de Maschte dri passt und en Sockel." Er grinste: „Und los goht's."
Nun muss man wissen, wie ein Weidling von innen aussieht. Der Kahn hat eine Spante etwa einen Viertel unterhalb der Bordwand. Da kann man quer durch Bretter einlegen als Sitzbänke für zwei Mann, und genauso legten wir unser Brett mit dem Loch in der Mitte. Ein Masten organisierten wir von einem Baugeschäft, einen fünf Meter langen Gerüstpfosten mit 20 Zentimeter Durchmesser aus Holz. Alles passte sehr gut zusammen und der Masten stand fest in unserem System. Nun war noch das Problem mit dem Segel. Wir fragten in der Schule rum, wer ein Tuch von 2x2 Meter oder eine runde Querstange aus Holz mit zehn Zentimeter Durchmesser habe. Der Vater eines Freundes war Bademeister im Schwimmbad Baden. Dort wurde die alte Fahne, weil sie verwaschen war, ausgewechselt und diese alte Fahne von 2x2 Meter durften wir haben.
So hatte dann das Schiff eine grosse Schweizerkreuzfahne als Segel.

Wir schlugen die Fahne mittels Dachpappennägeln an die Besanstange (Querstange zum Masten), sodass links und rechts je etwa ein Meter rausschaute. Nun kam die Krux: Wie befestigen wir die Besanstange an den Masten, damit er frei beweglich blieb, sodass wir das Segel in den Wind stellen konnten.
Diese Aufgabe war noch zu lösen, aber wie? Wir gingen zu Tarzan und fragten ihn. Er kam mit uns zum Kahn und schaute sich die Sache mal genau an und meinte: „Ich dänke, mer schrubed ä grossi Ringschrube in Maschte und a d'Querstange au, mached aber de Ring, dänn so viel uf, dass mer die zwöiti inne hänke chönd. Ich dänke das goht."
Wir gingen zum Reinle & Bolliger Eisenwaren-Geschäft in Baden und kauften die Ringschrauben. Wir trennten den einen Ring so viel auf, dass er gerade über den anderen Ring passte. Nun machten wir 15 Zentimeter unter dem Mastende ein kleines Loch mit dem Handbohrer, sodass wir die ganze Ringschraube einschrauben konnten. Dasselbe machten wir an der Querstange genau in der Mitte. Nun konnten wir die

Querstange an den Masten hängen. Am unteren Ende des Segels knüpften wir links und rechts zwei dicke Hanfseile an. Im hinteren Drittel des Kahns befestigten wir auf jeder Seite, da wo die Löcher für das Ruder sind, je einen Lederriemen, der aber nicht so stramm sass, sodass man das Seilende hindurch ziehen konnte. So konnten wir mit dem Segel gut manövrieren. Jetzt musste noch eine Pine (Ruder) hinten angebracht werden. Dieses nicht ganz einfache Problem lösten wir so: An jedem Weidling hat es hinten ein rundes Loch mit etwa zehn Zentimeter Durchmesser, wo man einen Aussenbordmotor befestigen kann. Dieses Loch machten wir mittels eines Brettes zu. Im Brett über dem Loch bohrten wir ein neues Loch im Durchmesser der Pinnstange, in das wir ein abgeändertes Ruder durchstecken konnten. So konnte man den Kahn gut steuern.

Nach all diesen Änderungen musste nun der Kahn ins Wasser, damit das Holz und das Bitumen sich verbinden konnte. Aber zuerst mussten wir unseren Presi und ein Klubmitglied, natürlich Tarzan, unsere Arbeit prüfen lassen. Wir bestellten den Presi und Tarzan. Die zwei Männer kamen an einem Abend vorbei, der Vater von Peti war auch dabei. Sie begutachteten unsere Arbeit. „Händer guet gmacht Burschte", meinten sie und gaben grünes Licht für die Wasserung. Endlich war es so weit, der Kahn darf ins Wasser.

Nun mussten wir planen, wie wir den Kahn in den Stausee brachten. Der Peti wohnte an der Seminarstrasse, rund 2.5 Kilometer vom Stausee weg. Wir konnten nur der Strasse nach, die geradeaus zum Stausee führte. Den Transport machten wir gleich wie wir ihn schon gemacht hatten mit denselben Burschen und Mädchen, wie als wir ihn holten. Ein Problem hatten wir noch: Der Kahn musste etwa 70 Meter ein steiles, teilweise bewaldetes Grasbord runter.
Es gab nur die eine Möglichkeit, den Kahn am Strässchen, das dem Bord entlang ging, abzuladen, am Bugring ein dickes Hanfseil anbringen, dann um einen Baum sichern und den Kahn langsam runter rutschen lassen, bis er ins Wasser glitt. Also, wir besprachen alles mit

unseren Freunden. Sie waren einverstanden und halfen uns mit vereinten Kräften, den Kahn langsam in den Stausee zu lassen. Als er im Wasser war, riefen wir alle „Bravooo" und alle tanzten miteinander. Es war nichts passiert bei beiden Transporten und der Wasserung. Am Samstag darauf wurde der Kahn getauft wie es sich gehört mit einer billigen Flasche Spumante, die ein Mädchen, Yvonne, über den Kahn goss. Schmeissen wollten wir nicht wegen der Scherben, wir wollten uns ja nicht noch verletzen. Darauf machten wir ein Fest am Ufer bei unserem Kahn, mit Bratwürsten und Mineralwasser. Wir gingen alle etwa um neun Uhr abends nach Hause. Peter und ich warteten einen schönen Tag ab und testeten dann unsern Kahn. Den Masten mit Segel aufstellen ging das erste Mal ein bisschen schwer vonstatten, aber mit jedem Mal ging es besser.

Es gibt noch ein Highlight zu berichten: Einmal als ich mit meiner kleinen Schwester eine Bootsfahrt mit vollen Segeln machte, das Segel war ja eine Schweizerfahne und sah imposant aus, sah das ein Journalist von der Strasse aus. Er wartete bis wir wieder zurück kamen und fragte, ob wir ihm erzählen könnten, wie wir zu diesem Kahn gekommen seien. Peti und ich erzählten ihm die Story in gekürzter Form. Ein paar Tage später stand in der Zeitung: „Wilhelm Tell auf dem Wettinger Stausee" zusammen mit einer Foto von unserem Kahn unter vollen Segeln. Wir, Peter, unsere Freunde des Ruderklubs und ich wurden dadurch ein bisschen berühmt in unserer Gegend. Es gibt heute noch Leute, die mich auf diese Geschichte immer wieder ansprechen, was mich natürlich freut und auch ein bisschen stolz macht, haben wir doch als junge Bürschchen eine verrückte Sache ausleben können. Heute wäre das sicher nicht mehr möglich.